KB004191

나는 당신이 참 좋습니다

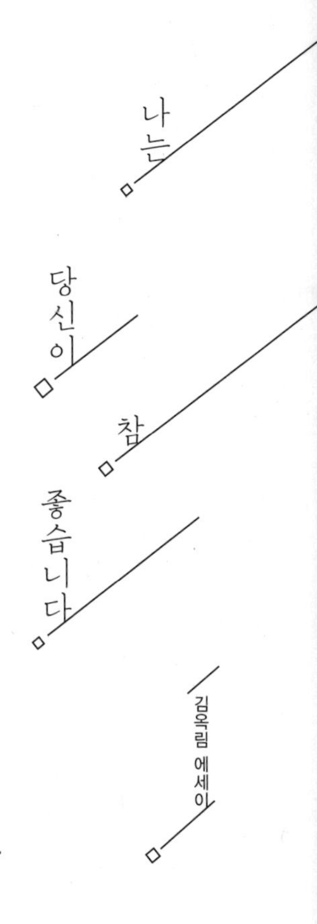

팬덤북스

PROLOGUE

사랑하라,
다시는 사랑할 수 없을 것처럼

사랑!

인류 역사 이래 인간이 만든 언어 중 가장 빛나고 감동적인 언어는 사랑입니다. 때로는 열정에 사로잡히게 하고, 때로는 한없이 순결하게 만드는 것이 바로 사랑입니다. 사랑은 인간이 살아가는 존재의 이유이자 궁극적인 목적입니다.

인간은 사랑을 통해 생명을 이어가고, 역사도 발전시킵니다. 사랑은 창조적이며, 생산적인 행위입니다. 인간은 사랑을 통해서만 진보할 수 있고, 지금보다 더 나은 삶을 살아갈 수 있습니다.

이런 까닭에 사랑은 언제나 현재 진행형입니다. 과거와 미래의 사랑은 사랑의 본질을 충족시키는 데 한계가 있습니다. 그러기에 현재의 사랑에 집중해야 하고, 값진 사랑으로 승화해야 합니다. 이에 대해 러시아의 대문호 톨스

토이Lev Tolstoy는 다음과 같이 말했습니다.

"미래의 사랑이란 없다. 사랑이란 오직 현재에 필요한 것이다. 현재 사랑을 보지 못하는 사람은 사랑이 없는 사람이다."

사랑은 현재 필요한 것입니다. 또한 사랑은 인간에게 희망을 줍니다. 사랑을 하면 매사에 긍정적이며 능동적으로 바뀌기 때문입니다. 능동적인 생각은 긍정의 에너지를 갖고 있어 불가능을 가능하게 하고, 희망을 품게 합니다. 사랑에 깊이 물들면 모든 것을 희망적으로 바라보고, 한 송이 꽃이 향기를 전하듯 만나는 사람들에게 기쁨을 줍니다.

"사랑은 봄에 피는 꽃과 같다. 온갖 것에 희망을 품게 하고, 향기로운 냄새가 나게 한다. 때문에 사랑은 메마른 폐허나 오막살이 집일지라도 희망을 품게 하고 향기가 나게 하는 것이다."

이는 프랑스 시인 플로베르Gustave Flaubert가 한 말로 사랑이 지닌 속성을 명징하게 표현했습니다.

인간은 성서적 관점에서 볼 때, 혼자가 둘이 되어 하나가 되었습니다. 혼자일 때는 불완전해 둘이 되게 하니 보기에도 좋고, 안정감을 주었지요. 이렇듯 인간은 혼자일 때는 불완전한 존재입니다. 그러나 둘이 함께할 때는 완벽한 하나로 조화를 이루게 됩니다. 이에 대해 영국 소설가인 오스카 와일드Oscar Wilde는 다음과 같이 말했습니다.

"사랑이 필요한 사람은 완전한 인간이 아니다. 불완전한 인간이야말로 사랑이 필요하다."

인간이 혼자일 때는 불완전하다는 말에 충분히 공감할 것입니다. 왜냐하면 누구나 혼자였을 때 더 외롭고, 힘든 일을 할 때도 더 힘들다는 것을 경험했을 것이니까요. 이렇듯 오스카 와일드는 혼자인 인간의 맹점을 잘 간파하여 멋진 말을 남겼습니다.

아름답고 진실한 사랑을 하려면 마음에 거짓이 없고, 순결해야 합니다. 또한 사랑하는 사람을 인격적으로 대하고, 믿음이 가게 행동해야 합니다. 사랑하는 사이에도 예의를 지켜 사랑하는 사람으로 하여금 흔들림이 없게 해야 합니다. 다시 말해, 사랑하는 사람에게 떳떳한 사랑을 보여 주어야 합니다.

"사랑하는 자의 첫째 조건은 마음이 순결해야 한다. 상대방의 인격을 존중하지 않고는 진실한 사랑이라고 할 수 없다. 또한 그 마음과 뜻이 흔들림이 없어야 한다. 신의 앞에서도 부끄러움과 동요함이 없어야 한다. 그리고 담대함과 용기를 지녀야 한다."

이는 프랑스 소설가 앙드레 지드Andre Gide가 한 말로 진실한 사랑을 위한 조건을 함축적으로 잘 보여 줍니다.

진실한 사랑은 정직하고 부끄러움이 없는 순결한 마음에서 나옵니다.

작가가 된 이래 '사랑'을 소재로 시, 소설, 에세이, 단상 등을 지속적으로 써 왔습니다. 사랑에 대해 꾸준하게 집필하는 이유는 사랑만이 인간을 참되게 하고, 행복하게 하며, 가치 있는 한 인격자로 살게 한다는 믿음 때문입니다.

이 책은 그동안 발표했던 단상, 에세이, 시를 비롯해 사랑에 대한 글을 뽑아 '사랑의 말'로 집약하여 엮은 것입니다. 이 책을 통해 사랑과 삶에 대해 보다 긍정적으로 대함으로써 참된 기쁨을 누리며 살아갈 수 있길 바랍니다. 이 책을 대하는 모든 분들이 아름다운 사랑을 통해 진실로 행복해지기를 간절히 기원합니다.

김옥림

사랑이 다시 내게 온다면,

두 번 다시 사랑하지 못할 것처럼 사랑하리라.

그 무엇이라도 그 사랑의 바람대로 하리라.

함께하는 사람이 있다는 것은

함께 걷고 싶은 사람이 있다는 것은
참 행복한 일입니다.
함께 잔디밭에 앉아 마주보며 웃을 수 있는
사람이 있다는 것은
가슴 저미게 감사한 일입니다.

어깨를 나란히 하고 다정하게 산책하는 남녀를
바라보고 있으면 그 어떤 명화보다 아름답습니다.
푸른 잔디 위에 앉아 도란도란 이야기꽃을 피우며
환하게 웃고 있는 연인을 보면
너무도 사랑스럽습니다.
함께 나란히 누워 푸른 하늘을 바라볼 수 있는
사람이 있다는 것은 눈물나게 고마운 일입니다.

사랑하는 사람과 함께한다는 것,
사랑하며 산다는 것은 인생에서 가장 소중한 가치입니다.

마음의 정원, 사랑의 숲

갖가지 꽃들이 가득 피어 있는 정원은
바라만 보아도 매우 아름답습니다.
온몸을 상쾌하게 만드는 꽃향기는
사람의 마음을 사로잡기에
조금도 부족함이 없습니다.

그 정원에 사랑하는 사람이 좋아하는 꽃만
가득 피었다고 생각해 보십시오.
한동안 깊은 감동에 젖을 것입니다.

사랑하는 사람에게 진정한 사랑을 받기 원한다면
당신의 마음에 그 사람만을 위한
마음의 정원을 꾸미십시오.
그리고 그 정원에 사랑하는 사람으로만 가득 채워
그 사람의 향기만 항상 생각하십시오.

당신에게 온 마음으로 사랑받고 있다고 믿는 순간,
사랑하는 사람은 자신의 사랑을
당신에게 넘치도록 부어 줄 것입니다.

하나의 꿈을 향한 사랑의 약속

혼자였던 사람이
둘이 되어
하나가 되면
더 행복하고 즐거운 삶을 살게 됩니다.
그것은 서로의 생을 나누고
생각도 공유하며
마음을 하나로 끌어 모으기 때문입니다.

혼자일 때는 힘에 부쳐 못하는 일도
둘이 하나가 되면 무리 없이 해냅니다.
허전하던 마음도
충만한 기쁨으로 가득 차게 됩니다.

어디 그뿐인가요.
세상을 다 가진 듯,
나만이 이 세상에 존재하는 것처럼
한없는 행복감에서 빠져나오지 못합니다.

지금 이 순간,
당신의 사랑을 점검해 보십시오.
사랑하는 사람과 함께 꿈을 간직하고
미래를 향해 나가고 있는지 말입니다.
그렇지 않다면, 지금 하나의 꿈을 세우십시오.
그리고 약속하십시오.
그 꿈을 위해 최선을 다하자고.
그것이 사랑하는 사람들이
진실로 하나 되는 지혜입니다.

사랑이 다시 내게 온다면

새벽하늘을 열어 풋풋한 해맑음으로
사랑이 다시 내게 온다면,
나는 머리 숙여 즐거이 사랑을 맞아드리리.
그리고는 두 팔을 벌려 꼬옥 안아주리라.
지난날 겪었던 사랑의 시행착오를
다시는 되풀이하지 않기 위해
그 사랑이 바라는 일이라면,
조금은 더 그 사랑이
행복할 수 있게
만족할 수 있게
기뻐할 수 있게
그 무엇이라도 그 사랑의 바람대로 하리라.

사랑이 다시 내게 온다면,
나의 전 생애를 그 사랑에 걸리라.
그리하여 두 번 다시는 지난날의
아픔과 슬픔, 고독을 답습하지 않으리.
사랑이 다시 내게 온다면,
두 번 다시 사랑하지 못할 것처럼 사랑하고,
두 번 다시 행복하지 못할 것처럼 행복하리라.
사랑이 다시 내게 온다면,
미치도록 그리운 그 사랑이 다시 내게 온다면.

사랑의 우주

사랑하는 사람은
나의 또 다른 세상입니다.
아무리 넓은 세상이 펼쳐져 있다 해도
사랑하는 이의 마음만큼 넓지 않습니다.

사랑하는 사람의 마음은
에베레스트 산보다 높고,
마리아나 해구보다 깊습니다.
사랑하는 마음속에는
무한한 세계가 펼쳐져 있기 때문입니다.

세상이 무너진다 해도 두렵지 않습니다.
사랑하는 사람은 또 하나의 우주입니다.
그 사랑의 우주에서 행복한 사랑을 펼쳐 보십시오.
못 견디게 삶이 아름답다는 것을
느끼게 될 것입니다.

행복한 사랑, 행복한 사람

사랑하는 이가 사랑하고 싶은 사람,
사랑하는 이가 꿈꾸던 사람,
사랑하는 이가 원하는 이상이 되는 사람.

당신은 그런 사람을 가졌나요?
그렇다면 당신은 행복한 사람입니다.

당신이 누군가에게 그런 사람이라면,
벅찬 행복으로 기쁠 것입니다.
사랑하는 이에게 이상과 꿈이 되고,
사랑하고 싶을 만큼 매력적인 사람이 되고 싶다면
진실하십시오.
그리고 최선의 사랑이 되십시오.

그런 사랑이고 싶다

사랑하는 이가 지치고 힘들 때
편안한 안식이 되어주는 사랑.
슬픔에 빠져 눈물지을 때
눈물을 닦아 주는 사랑.
마음 쓸쓸할 때
마음 따뜻하게 해 주는 사랑.
삶의 어두움이 찾아올 때 빛이 되어주는 사랑.
길을 가다 강물을 만나게 될 때
다리가 되어주는 사랑.

당신의 사랑은 어떤 모습인가요?

행복한 마음으로 바라보면
모든 것이 행복하게 보이고,
불행한 마음으로 바라보면
모든 것이 불행하게 보입니다.

사랑도 어떤 마음이냐가
매우 중요합니다.
사랑할 때는
행복한 마음과
아름답고 사랑스러운 마음으로
사랑하는 사람을 대해야 합니다.

그래야 내게 돌아오는 사랑도
행복하게,
가치 있게
아름답기 때문입니다.

기쁨의 효소, 사랑

사랑에는 유효 기간이 없습니다.
언제나 처음이고, 지금이며, 미래입니다.
사랑은 생의 싱싱한 열매입니다.
사랑은 늘 달콤하고, 매혹적입니다.
어디 그뿐인가요.
사랑하는 이들은 늘 청춘이고, 매력적입니다.

사랑하는 마음속에는
사람을 행복하게 하는
기쁨의 효소가 들어 있기 때문입니다.

세상에 단 하나뿐인 별

사랑하는 이를 위해서는
사랑의 별이 되어야 합니다.

사랑의 별이 되어
그의 가슴에 희망을 주고,
행복도 심어 주는 사람이 된다면
더할 나위가 없겠죠.

따뜻한 별을 품고 사는
어린 왕자가 되어보는 것은 어떨까요?
어린 왕자가 되어
'나는 당신을 사랑합니다' 하고
다정다감하게 말을 전해 주는 사람이 되어야
자기 자신도 그만큼의 행복을
더 느끼게 되니까요.

함께하는 사랑의 순환

일방적인 사랑은
오래가지 않습니다.
아름답지도 않습니다.
일방적인 사랑의 종말은
언제나 허무하고 쓸쓸합니다.
하지만 함께하는 사랑의 순환은
서로에 대한 사랑을 깊이 각인해 줍니다.
이로써 더욱 단단한 사랑이 됩니다.

나의 사랑은 한 송이 꽃처럼

사랑하는 사람은 한 송이 꽃과 같습니다.
꽃이 향기와 웃음을 주듯
사랑하는 사람은 기쁨과 행복을 줍니다.
용기와 힘도 주지요.
사랑하면 없던 자신감도 생기고,
매사를 당당한 마음으로 대하게 됩니다.

이것이 사랑의 힘이며,
사랑하는 사람에 대한 믿음입니다.
물을 주며, 아끼고 보살피면 꽃이 싱그럽게 자라듯
사랑하는 사람은 사랑을 받을수록
더욱 행복한 마음으로 사랑하는 이에게
기쁨과 사랑을 줍니다.
사랑하는 이를 더욱 아끼고 사랑하십시오.
이것이 빛나고 오래 가는 사랑의 비결입니다.

사랑의 나무

아름다운
사랑을 만들기 위해서는
서로가 서로에게
사랑의 나무가 되어
향기로운 꽃을 피워야 합니다.
사랑하는 사람이 언제나
기뻐할 수 있게 해야 합니다.
지치고 외로울 때는,
언제든 찾아와 편히 쉴 수 있는
사랑의 쉼터가 되어야 합니다.

가장 아름다운 보석, 사랑

인간은 미완성의 존재입니다.
부족한 것은 사랑을 통해서만
채워 나갈 수 있습니다.
당신이 부족한 것은
사랑하는 이에게 구하고,
사랑하는 이에게 부족한 것은
당신이 채워 주면 됩니다.

사랑은 가장 소중한 것이며,
삶을 하나로 이어주는 행복의 끈입니다.

반드시 필요한 인생의 꽃

사람은 가끔씩
무엇엔가 기대 위로받고 싶어 합니다.
삶이 아프고, 고단하여
답답할 때면
더욱 그러합니다.
이때 필요한 것이
사랑,
꽃처럼 향기로운 사랑입니다.

운명 앞에 좌절하지 않는 사랑

사랑이 사람을 만나고
헤어지는 것은
거부할 수 없는 운명입니다.
그러기에 어떤 일에 처해 있어도
자신을 쉽게 포기해서는 안 됩니다.
참된 사랑을 꿈꾼다면
어떤 운명 앞에서도
좌절하지 마십시오.
그 좌절을 이기고 나면
진실로 아름다운 행복이 찾아옵니다.

먼저 사랑의 기쁨 전하기

사랑처럼
사람의 마음을
설레게 하는 것은 없습니다.
사랑은 기쁨이자 행복입니다.

먼저 손 내밀어
사랑의 기쁨을 전하십시오.
사랑은 먼저 행동으로 옮기는 자에게
더 큰 기쁨이 됩니다.

그저 바라만 보아도

사랑하는 이가 마음 편히 쉴 수 있고
속마음을 털어놓을 수 있는 사람,
그런 사람이 사랑의 쉼터가 될 수 있습니다.

사랑하는 이의 기쁨을
곁에서 지켜보는 것만큼
가슴 벅찬 일은 없습니다.

사랑은 말이 없어도 사랑이어서

사랑은 말이 없어도 사랑이어서
사랑하는 이를 행복하게 만듭니다.
마음으로 사랑하는 이의 마음을
읽어 주기 때문입니다.

하루 종일 말이 없어도
무한한 사랑을 나눌 수 있는 사람이
곁에 있다면
당신은 정말 행복한 사람입니다.

밝은 햇살 같은 사랑

대지를 환하게 비추는
아침 햇살을 보면,
경건한 마음마저 듭니다.
어두움이 물러가고, 그 자리를 가득 메운
밝은 햇살의 저 영롱함.
어두움을 물리친 눈부신 햇살을
가슴에 품어 보십시오.
용기가 솟아날 것입니다.

사랑은 삶에 있어 밝은 햇살입니다.

포옹

포옹.
서로가 서로를 꼬옥 안아주는 아름다운 행위.

포옹을 하면 맥박이 뛰고 심장이 뜨거워진다.
서로의 마음과 체온이 상대방에게 닿는 순간,
감정의 교류가 강하게 작용하기 때문이다.
포옹을 하면 마음이 따뜻해진다.
자신이 상대에게 사랑과 신뢰를 받고 있다는
마음이 들어 행복함도 느낀다.

포옹하라.
그 대상이 누구든 포옹하라.

포옹하라.

감사한 마음, 아껴주는 마음,

사랑하는 마음으로

포옹하고, 또 포옹하라.

사랑하며 살자

행복은 언제나 가까이에 있다.
때로 화가 나고,
짜증나는 일이 있어도
조금만 더,
아주 조금만 더 참으며 살자.

내 인생 길에서
동무가 되어준
사랑하는 사람들을
조금 더 아끼고 배려하며,
미치도록 사랑하며 살자.

지금 이 순간,
당신 곁에 있는 사람에게
사랑한다고 말해 주자.

너는 내 운명이라고,

너를 많이 사랑한다고

환하게 웃으며 말해 주자.

더 늦기 전에

더 늦기 전에
사랑하는 이에게 사랑한다고 말하십시오.
더 늦기 전에
당신을 만나 행복했다고 말하십시오.
지금은 영원하지 않습니다.
언제 어떻게 변할지 모르는 것이 인생입니다.
오늘은 더 이상 오늘이 아니 듯
사랑하는 이가 당신 곁에 있을 때,

한 번 더 웃어 주고,
한 번 더 눈길을 건네고,
한 번 더 함께 길을 걷고,
한 번 더 같이 차를 마시고,
한 번 더 손을 잡아주고,
한 번 더 아름다운 말로 격려해 주고,
한 번 더 풍족한 말로 칭찬해 주고,
한 번 더 넉넉한 품격으로 축복해 주고,
한 번 더 따스한 가슴으로 안아주십시오.

지금 저 하늘과 강물을 바라볼 수 있다는 것,
지금 사랑하는 사람과 함께할 수 있다는 것,
지금 이 순간 내가 살아 있다는 것에 대해 감사하십시오.

오늘은 내게 있어도
내일의 오늘은 없을지도 모릅니다.
지금 이 순간이 가장 아름답고 소중합니다.
자신과 사랑하는 이에게 가장 빛나는 당신이 되십시오.

내가 당신을 사랑하는 이유

사랑은 불완전한 존재다.
사람은 불완전하기 때문에 사랑한다.
서로의 부족함을 채워 주는 데
사랑처럼 좋은 약이 없다.

후회 없는 생으로
살기 원한다면 사랑하라.
나의 모든 것을 아낌없이 줄 수 있는,
서로에게 깊이 몰입하는
참 행복한 그대가 되라.

나의 사랑, 나의 우주

천 년을 활짝 꽃 피운 꽃인들
너보다 더 향기로우랴.

수수만년을 지키고 온 나무인들
너보다 더 곧고 우뚝하랴.

수억 년 전, 저 먼 곳으로부터 온
찬란한 빛이라 한들
너보다 더 고혹적으로 빛나랴.

네가 있음으로 해서
나의 태양은 저리도 빛나고,
나의 하늘은 그리도 맑고 드높다.

사랑하는 이를 위한 기도

사랑하는 이를
우러러 사랑하게 하소서.

사랑할 때나
마음 아프게 할 때도
사랑하는 이를 사랑하게 하소서.

나의 미련함으로
사랑하는 이가 눈물 흘리지 않게 하시고,
나의 어리석음으로
사랑하는 이가 슬퍼하지 않게 하소서.

사랑하는 이를
내 목숨보다 더 사랑하게 하소서.

사랑하는 이를
나보다 먼저 사랑하게 하시고,

그의 아픔을 대신 아파하게 하시며,
그의 기쁨을 더 기뻐해 주는
너그러운 사랑이게 하소서.

사랑하는 이가
원하는 일이면 무슨 일이라도
주저하지 않게 하시고,
나의 작은 사랑으로도
늘 행복하게 하소서.

사랑하는 이를
고요히 사랑하게 하소서.

언제나 제자리를 지키며
자기 이름을 다하는 느티나무처럼
사랑하는 이의
삶의 나무가 되게 하소서.

세월 지나
우리가 진정으로 생을 알게 될 때,
그대가 있어 내 삶이 풍요로웠다고 말 할 수 있는
아름다운 사랑이게 하소서.

Thank You

따뜻한 별 하나

별을 보면,
이 세상 모든 슬픔과 아픔을
어루만져 줄 것만 같다.

나도 모르게 시린 가슴이 될 때는
두 뺨 위에 흘러내리는
차가운 눈물을 닦아 줄
따뜻한 별 하나 갖고 싶다.

별을 보면,
이 세상 모든 사랑과 평화를
따스하게 품고 있을 것만 같다.

내 사랑이 모자라
사랑하는 이가 눈물 보일 때,
내 이기심이
사랑하는 이를 분노하게 할 때,

허허로운 내 가슴을 가득 채워 줄
따뜻한 별 하나 갖고 싶다.

별을 보면,
새하얗게 반짝이는 별이 되어
사랑하는 모든 이들에게
죽어서도 사라지지 않을
따뜻한 별 하나 남기고 싶다.

너

너를
도저히
사랑하지 않을 수 없었다.

너를
사랑할 수밖에
없는 것은,

나의
숙명이라는 것을
알았기 때문이다.

태어나기 전,
우리는 이미
하나의 사랑이었으므로.

당신은 내게

서로가 모자라기에
그리운 것.
서로가 갈망하기에
안타까운 것.

주어도 주어도,
받아도 받아도
언제나
목마른 아픔.

당신만을 위해 존재하는 나

나의 사랑 모두를
단 한 사람을 위해
온전히 쏟아낼 수 있다는 것은

내가 가진 모든 것을
단 한 사람을 위해
주저함 없이 바칠 수 있다는 것은

나의 모든 행복을
단 한 사람을 위해
기쁨으로 전할 수 있다는 것은

내 모든 열정을
단 한 사람을 위해
불사를 수 있다는 것은

그리하여 서로에게 빛나는 목숨이 되어
사랑하고 사랑할 수 있다는 것은

사랑은 그 무엇도 아까워하지 않는
사랑하는 이의 모든 것이기 때문이다.

Love is everything.

참 좋은 선물

사랑에 빠진 사람의 눈은
어린 사슴처럼 순하고
들꽃처럼 순수하며
깊은 산속 샘물처럼 맑고 투명합니다.

사랑하는 사람은
바라보기만 해도 행복해지고
마음 또한 따뜻해집니다.

사랑은
인생의 참 좋은 선물입니다.

별

사람들 가슴에는
별이 살고 있습니다.

그 이름도 찬란한
사랑이라는 이름의 별.

우리는 모두 반짝이는 별을
가슴에 품고 살아야 합니다.
별이 떠나가지 않게
서로의 가슴을
꼬옥 품어 주며 살아야 합니다.

내 마음의 화석

내 마음속에는
영원히 지워지지 않는 화석이
꽃으로 피어 있다.

닦으면 닦을수록
윤기 나는,
수수만년
투명하게 반짝일
사랑이라는 이름의 화석.

다시는 사랑할 수 없을 것처럼

다시는 사랑할 수 없을 것처럼
사랑하라.

다시는 행복할 수 없을 것처럼
사랑하라.

다시는 만날 수 없을 것처럼
사랑하라.

다시는 그리워하지 않을 것처럼
사랑하라.

다시는 후회하지 않을 것처럼
사랑하라.

첫사랑

잊혀지지 않는
이름으로

떨리는
숨결이 되어

영원히 가슴에
피어 있는 꽃.

사랑은

서두르지 않을 때,
가장 아름답게 피어난다.

사랑하기 참 좋은 날

사랑하기 참 좋은 날이다.

이토록 맑고 푸른 하늘 아래라면
가진 것 하나 없어도
미소가 아름다운 여인과
사랑을 시작해도 좋고,
듬직한 연인의 어깨에 기대
음악에 취해도 좋다.

무념무상에 잠겨 길을 걷다보니
어느새 하늘은 한 편의 시가 되었고,
나는 그 시를 노래하고 있다.

인생 시

사랑은
누군가에게는
눈물이 되며,
또 누군가에게는
기쁨이 되는
황홀한 인생 시다.

징검다리

사랑은 두 사람의 마음을 이어주는 징검다리다.
사랑은 두 사람의 행복을 품어 주는 징검다리다.
사랑은 두 사람의 슬픔을 덜어 주는 징검다리다.
사랑은 두 사람의 생각을 열어 주는 징검다리다.
사랑은 두 사람의 기쁨을 더해 주는 징검다리다.
사랑은 두 사람의 고통을 보듬어 주는 징검다리다.
사랑은 두 사람의 눈물을 닦아 주는 징검다리다.

별을 바라보는 마음으로

별을 바라보는 마음으로
그대를 바라보면,
그대 또한 해맑은 별이 됩니다.

별을 꿈꾸는 마음으로
그대를 그려 보면,
그대 또한 눈부신 별이 됩니다.

별을 사랑하는 마음으로
그대를 헤아려 보면,
그대 또한 별을 사랑하는 마음으로
나를 사랑합니다.

별을 헤아리는 마음으로
그대를 바라보면,
그대 또한 별을 헤아리는 마음으로
나를 사랑합니다.

길을 걸으며

아카시아 꽃 하얗게 핀 길을 걸으며
하루 종일 그대만 생각했습니다.

수많은 시간
불면의 밤을 밀치고 온 발자취마다
빛깔 고운 삶의 선율이 있습니다.

내가 못 견디게
그대를 사랑하는 것은
아픔도, 슬픔도, 외로움도
그대 앞에서면
하얀 물보라를 일으키며
멀어져 가기 때문입니다.

그대에게는 삶을 아름답게
살아가게 하는
신비로운 능력이 있나 봅니다.

나는 길을 걸으며
다리가 아파오도록
그대만 생각했습니다.

사랑한다는 것은

사랑한다는 것은
자신을 비우는 일이다.

사랑한다는 것은
자기를 낮추는 일이다.

자신의 욕망도
사랑하는 이가 원하지 않으면
버려라.

사랑한다는 것은
목숨과도 같은 것.

사랑한다는 것은
자신을 아낌없이 바치는
숭고하고 은혜로운 일이다.

비 오는 날의 서정

주룩주룩 주르륵
창문을 두드리며 비 오는 날에는
따뜻한 방 안에 누워 빗소리를 들어보라.

머리맡에
갓 쪄낸 감자를 담은
하얀 접시를 가지런히 놓고,
사랑하는 이와 나란히 누워
빗소리를 들어보라.

촉촉이 젖어드는
사랑하는 이의 달콤한 목소리처럼
가슴에 스며드는
정겨운 빗소리를 들어보라.

두두두 두두두두두
작은 북소리를 내며

줄기차게 내리는 빗소리에
온몸이 흠뻑 젖도록 들어보라.

사랑하는 이의 따뜻한 손길처럼
온몸을 아늑하게 끌어당기는
혼미하도록 아련해지는 포근함.

세상이 모두 잠든 밤,
고요를 적시며 내리는 빗소리.
그 아득함에 귀를 적시면
몸과 마음은 빗소리와 일체를 이룬다.
하나의 숨결이 되어 눕는다.

그리움의 본질

수많은 밤을
헤이고 헤아려도
캄캄해지는 이 아득함.

멀리서도 가깝고,
가까이서도 멀게만 다가오는
까무룩 한 이 아련함.

채우고 채워도,
비우고 비워도

더는 어찌할 수 없는
허허로운 심공의
창백한 여백.

따뜻한 사람

내 그리운 사랑, 따뜻한 사람 있네.
현실의 무게에 짓눌려 하루하루가 너무 아파
차가운 골목길에서 먼 하늘로 눈물을 떨굴 때,
마른 입술을 축일 한 잔의 돈이 없어
내 가난한 주머니가 초라해 보일 때,
어느새 다가와 손 내미는
내 그리운 사랑, 따뜻한 사람 있네.

세상은 마른 풀같이 점점 야위어 가고,
풍성했던 꿈도 찻잔 속 커피처럼 식어 가고,
내 청춘의 뜨거운 피도 말라 가고,
불길처럼 치솟던 삶의 열정이
꺼져 가는 모닥불처럼 가물거릴 때도
나의 빈약한 삶은 외롭지 않았네.
때로는 먼 곳에서,

때로는 손끝에 닿을 듯 가까운 거리에서
내 그리운 사랑, 따뜻한 사람 나를 지켜보고 있네.

때로는 삶을 저주하고,
때로는 사랑을 허무라고 생각했네.
현명함도 지나치면 어리석음이 되는가.
가끔은 나의 어리석음이 나를 분노에 떨게 했네.
아, 그러나 그것은 한낱 무명에 지나지 않았네.
내 그리운 사랑, 따뜻한 사람 있네.
나의 어리석은 삶까지도 다 받아줄
내 목숨보다 귀한 따뜻한 사람 있네.

마주보며 함께 가는 것

두 마리 새가 나란히 마주서서
먹이를 쪼아 먹었습니다.
서로 더 먹으려고 발버둥치지 않고
사이좋게 나누어 먹었습니다.
그 모습이 예뻐 한참을 서서 바라보았습니다.
그 모습에서
사랑은 마주보며 서로를 인정하는
아름다운 마음의 품격이라는 것을
다시 한 번 돌이켜 생각해 보았습니다.
한참 먹이를 쪼아 먹던 한 마리 새가
저 멀리 날아가자 그 뒤를 따라
다른 한 마리 새가 날개를 퍼덕이며 날아갔습니다.
그 모습에서
사랑은 보이지 않는 하나의 줄로

이어져 있다는 것을 알았습니다.

나는 두 마리 새가 안 보일 때까지 바라보았습니다.

마음이 행복했습니다.

사랑은 그런 것입니다.

어디든 마주보며 함께 가는 것입니다.

한 번만 더

사랑하는 이가
당신 곁에서 웃고 있을 때,
한 번만 더
사랑한다고 말해 주세요.

사랑하는 이와 함께
푸른 하늘을 바라볼 수 있음에
한 번만 더
고맙다고 말해 주세요.

사랑하는 이에게
마음 아프게 한 일이 있다면,
한 번만 더
미안하다고 말해 주세요.

지금 이 순간,
사랑하는 이가
당신 곁에 있다는 것은
그것만으로도 눈물이 날만큼 감사한 일이지요.

사랑하는 이의 얼굴을
날마다 바라볼 수 있음에
한 번만 더
사랑한다고 말해 주세요.

함께하고 싶다

멋진 길을 만나면,
사랑하는 이와 다리가 아플 때까지
함께 걷고 싶다.

맛있는 음식을 보면,
사랑하는 이와 배가 부르도록
함께 먹고 싶다.

재미있는 영화가 눈에 띄면,
사랑하는 이의 어깨에 기댄 채
함께 보고 싶다.

넘치도록 고마운 일이나
기쁜 일이 있으면,
사랑하는 이와 함께 웃고 떠들며
즐기고 싶다.

아프지 않은 사랑은 없다

신이 인간에게 부여한 최고의 선물,
사랑.

홀로인 우리는 저마다
한쪽 가슴에 사랑을 품고 있다.

홀로인 것은 불완전한 것,
다른 한쪽 가슴을 만나야
비로소 완전한 가슴이 되는 것.

그러나
완전한 가슴이 되기 위해서는
아픔도, 눈물도 뛰어넘어야 한다.

어떤 사랑도
아프지 않은 사랑은 없다.

그냥, 네가

좋았다,
처음부터.

너를 본 순간
눈이 환해지고,
가슴이 따뜻해지더니
그 순간부터 그냥 좋았다.

그 뒤로
너는 한 순간도
나를 떠난 적이 없었다.

내가 어느 곳에 있든
너는 늘
내 안에서 웃고 있었다.

좋았다,

처음부터
나는 네가 좋았다.

참 좋은 그대에게

참 좋은 그대에게 나의 사랑을 바칩니다.
나의 꿈을 바칩니다.
나의 열정을 바칩니다.
나의 미래를 바칩니다.
나의 전부를 바칩니다.

참 좋은 그대여,
그대가 있어
나의 하루는
풋풋한 희망으로 가득합니다.

사랑 후에 아는 것들

사랑을 잃어본 사람은 압니다.
사랑하는 이와 함께하는 것이
얼마나 행복한지를.

사랑을 나누어 본 사람은 압니다.
사랑을 나누어 주는 것이
얼마나 기쁜 일인지를.

사랑을 받아본 사람은 압니다.
외로울 때 사랑이
얼마나 위안이 되는지를.

사랑에 아파본 사람은 압니다.
사랑에 아파보지 않고는
사랑의 진실을 이해하지 못한다는 것을.

사랑을 주어 본 사람은 압니다.

사랑은 욕심과 미움을
떨쳐 버리는 진실이라는 것을.

사랑하십시오.
당신의 빛나는 눈동자와 뜨거운 가슴으로
부드러운 말과 행동으로
사랑하는 이를
사랑하십시오.

행복하십시오.
생은 두 번 다시 오지 않습니다.
당신의 의지와 열정으로 이루고자 하는 일과
사랑하는 이에게 당신을 바치십시오.
뜻을 이루어 행복한 생이 되십시오.
사랑은 행복으로 가는 길입니다.
행복은 그 사랑을 이어가는
생의 빛줄기와 같습니다.

아낌없이 사랑하십시오.
새벽 바다를 차고 오르는 태양과

싱그럽고 맑은 공기처럼
때로는 강하게, 때로는 유유하게
사랑하십시오.
그리고 지금 행복하십시오.

영원한 봄날

영원한 봄날 같은
사랑이었으면 좋겠네.

영원한 봄날 같은
그대 사랑이었으면 좋겠네.

영원한 봄날,
그대만의 꽃이었으면 좋겠네.

향기로운 봄날,
사랑을 노래하면서
영원한 사랑으로 남았으면 좋겠네.

내 마음의 정원

내 마음의 정원에
그대 이름으로 빛나는 꽃송이들을
가득 피우겠어요.

노랑, 빨강, 파랑 꽃
가지가지 그대 마음을 엮어
일 년, 열두 달, 삼백 예순 날 지니도록
그대 향기에 흠뻑 취하고 싶어요.

혹시라도
내 마음의 정원에
다른 꽃일랑은 절대로
피우지 않겠어요.

오직, 그대 꽃송이들로만
가득 넘치게
채우고, 또 채우겠어요.

사랑이 나에게 가르쳐 준 것들

사랑은 겸손을 말하네.
나를 앞세우지 말고,
사랑하는 이의 뒤편에 서서
그를 높여 주는 것이라네.

사랑은 믿음을 말하네.
믿음은 사랑으로 오고,
그 믿음으로 사랑은 키가 자라네.

사랑은 용서를 말하네.
분노가 이성을 잃게 해도
마음을 가다듬어
차분히 용서하라 하네.

사랑은 침묵을 말하네.
말이 앞서 사랑하는 이의 마음에
상처를 남기지 말고,

침묵으로 평안을 주라 하네.

사랑은 칭찬을 말하네.
작은 일에도 칭찬을 아끼지 말고,
사랑하는 마음을 담아
미소 지으며 칭찬을 하라 하네.

사랑은
나를 드러내지 않으며,
한 발 물러서 바라보고,
탐내지 않으며
차분히 기다리는 마음이라네.

바람나무

바람 부는 날이면
네가 생각난다.

바람 앞에 흔들리는
꽃잎처럼
하얗게 미소 짓던 너.

달빛 고고한 밤,
바람 부는 날이면
더욱 네가 생각난다.

내 영혼의 꽃밭에
언제나 홀로 청청한 너.

너는 한시도
내 영혼을 떠난 적이 없다.
내 영혼의 숲에서
언제나 바람나무로 서 있다.

지금의 내가 그때의 나였더라면

지금의 내가 그때의 나였더라면
나의 옹졸함과 무능함으로
사랑하는 이를 고통 속에서 해매이지 않게 했을 것을.

내 모든 것이 제일인 것처럼
나를 위한 조언, 배려, 관심도
다 헛된 것이라고 우쭐거리지 않았을 것을.

지금의 나를 되돌아보니
모든 것이 아쉬움과 그리움으로 남아
가슴은 절절히 아픔에 젖는다.

지금의 내가 그때의 나였더라면
조금은 더 사랑하고, 배려하며
그가 바라는 것들을 위해
조금은 더 따뜻한 손길과 부드러운 눈길로
이 길을 걸어오고, 걸어갈 것을.

지금의 내가 그때의 나였더라면
조금 더 간절하게
사랑하는 이를 사랑했을 것을.

그런 사람이고 싶다

말없이 바라만 보아도 흐뭇해지는 사람이 있다.
곁에 있는 것만으로도 위안이 되는 사람이 있다.
웃어 주는 것만으로도 마음이 풍요로워지는 사람이 있다.
만날 때마다 처음 본 듯 상큼해지는 사람이 있다.
돌아서는 순간, 이내 그리워지는 사람이 있다.
목소리만 들어도 힘이 솟는 사람이 있다.
보면 볼수록 정이 가는 사람이 있다.
주고, 또 주어도 자꾸만 주고 싶은 사람이 있다.

누군가에게 이상이 되어주는 사람,
누군가가 앉아 쉴 수 있는
안락한 의자 같은 사람,
누군가의 생에
한여름, 시원하게 쏟아져 내리는 단비 같은 사람,

그런 사람이고 싶다.

그 무엇이 되고 싶다

사람만이 외로운 것은 아니다.
나무도, 풀도, 꽃도 외로워
가끔씩 몸을 떠는데,
그럴 때면 너무 외로워
소리 죽여 우는 것이다.

사람만이 그리워하는 것은 아니다.
별도, 달도, 바람도 그리워
깜빡이며 흔들리는데,
그럴 때면 그리움에 사무쳐
떨고 있는 것이다.

사람만이 사랑하는 것은 아니다.
강가의 돌도, 숲속의 여린 나무도
따스한 체온이 그리워
밤을 새며 그 무엇을 기다리고 있다.

사람이나 천지 사물은
끊임없이 외로워하고, 그리워한다.
사랑을 하며
그 무엇이 되고 싶어 한다.

조건 없는 사랑

진실한 사랑은
자기를 나타내지 않습니다.

나를 보아 달라고,
나만을 생각해 달라고 요구하지 않습니다.

진실한 사랑은
그 눈빛만으로 상대를 아는 것입니다.

사랑에는 조건이 없습니다.
계산도 필요하지 않습니다.

좋으면 좋은 대로,
기쁘면 기쁜 대로,
슬프면 슬픈 대로,

사랑하는 그 마음 하나면
충분하기 때문입니다.

비가 내리는 날에는

하루 종일
비가 내리는 날에는

무작정
그대에게 달려가
그대 품에
잠들고 싶습니다.

사랑하는 이와
종일토록
함께하고 싶은 이 마음,
그대는 아시는지요.

하루 종일
비가 내리는 날에는

아무 말 없이 바라만 보아도

눈물겹게
그대가 사랑스럽습니다.

샘물처럼

사랑하는 사람을 만나면
나도 모르게
웃음이 샘물처럼 솟아납니다.

멈추려 해도
기쁨의 강물이 되어
내 마음을 타고 흐릅니다.

괴로웠던 마음도,
속상해 울고 싶던 마음도,
소리쳐 외치고 싶던 마음도

사랑하는 사람을 만나면
눈처럼 사르르 녹습니다.

사랑은 강물처럼

시가 흐르는 하늘가에
행복이 넘치어라.
미소가 흐르는 그대 창가에
노래가 피어나리니
꿈이어라.
아, 기쁨이어라.

다가오는 그대 눈빛은
바람이 되어 내게 머물고,
소담스러운 옛 이야기는
나의 연인이 되리니
사랑이어라.
아, 행복이어라.

사랑은
너그러운 몸짓으로
감싸주리니

그대여,
사랑으로 오늘을 살자.

한 사람

여기 한 사람 있네.
맑은 날 강물보다 더 푸른
사랑 하나 있네.

여기 한 사람 날 보고 있네.
붉은 석류보다 더 붉은
사랑 하나 있네.

여기 한 사람 있네.
저 높은 산보다 더 높은
사랑 하나 있네.

한 사람이 나를 바라보고 웃네.
저만큼 길을 가다가도
생각나면 뒤돌아서서
하얀 손을 흔드네.

나는 너에게

나는 너에게
끝도 없이 스며들어
너의 영혼과 뼈, 살이 되어
비로소 너의 네가 되고 싶다.

나는 네가 되어
내 속 깊이 뿌리박은 나를 버리고,
네 몸 속 깊이 스며들어
뜨거운 너의 피가 되리니,

나 아닌 너의 네가 되어
내일의 태양을 바라보리라.

둘이 만나 하나가 된다는 것은
때로는 눈물겹고
아득하리니,

너의 네가 되어
비로소 이를 사랑이라 말하리.

슬픔의 힘

슬픔도 때로는
힘이 될 때가 있다.

가슴이 메어 눈물날 때,
억제하지 못할 고통이
뼛속 깊이 스며들 때,

울다 기진하여
쓰러진다 해도
그 슬픔을 감추지 마라.

슬픔도 때로는
위안이 될 때가 있다.

사랑하는 이가
전혀 위안이 되지 않을 때,
깊은 슬픔에 잠겨

눈물의 강을 건너보라.

스스로를 딛고
일어설 수 있을 때까지
그 슬픔을 사랑하라.

너를 보면

너를 보면,
순한 양이 되고 싶다.
무엇이라 할지라도
너를 위해 주저함 없이 따르고 싶다.

늘 가까이에서
너를 만날 수 있다는
기쁨에 사로잡혀 있기에
네가 즐거워하고, 사랑하는 일이라면
너의 길을 선택하고 싶다.

너를 보면,
상처 입은 일들까지도
다 어루만져 주고 싶다.

너를 보면,
저 하늘의 푸른 눈동자처럼

거짓 없는 마음이 되어
순진무구한 어린아이가 되고 싶다.

너를 보면,
하늘의 그림자로 남아
그 소망의 이름이고 싶다.

그 언제나 나는

그 언제나 나는
너를 사랑한다고 믿었다.

그 언제나 나는
너를 내 목숨이라고 믿었다.

싸우고 돌아서며
너의 눈물을 보았을 때,
그것이 얼마나 큰
오만이었는가를 알았다.

그 후
너를 진실로 이해할 수 있었다.

사랑은 이해를 요구하기보다
이해를 구하는 것이라는 것을.

저 맑은 햇살 아래

저 맑은 햇살 아래
가슴을 열어 놓으면
온유한 사랑이 샘처럼 솟아오릅니다.

저 맑은 햇살 아래
상처 입은 마음을 풀어 놓으면
조금씩 아물어 가는 마음이 보입니다.

저 맑은 햇살 아래
나는 너에게, 너는 나에게
서로 기대고 싶은 한 그루 푸른 나무가 됩니다.

저 맑은 햇살의 눈부심처럼
오래도록, 아주 오래도록
해맑은 이름으로
이 지상 위에 남고 싶습니다.

아직도 너를

아직도 너를
모든 기억 속에서
잊지 못함은
너는 내게 사랑을 가르쳐 준
단 하나뿐인
마지막 사랑이기 때문이다.

우리 서로 사랑할 때 1

우리 서로 사랑할 때
세상은 그토록 아름다웠다.

비바람 몰아치는
폭풍의 언덕 위에서도
우리 서로 그리워할 때
세상은 우리를 위해
따스한 가슴을 열어 주었다.

우리 서로 사랑할 때
세상은 그토록 평화로웠다.

삶의 무게에 짓눌려
신음할 때
세상은 우리를 위해
아픈 가슴을 토닥여 주었다.

우리의 생각과 달리
이상이 점점 멀어져 갈 때
세상은 우리를 위해
다정한 눈빛을 보내 주었다.

우리 서로 사랑할 때
보이지 않던 길이 보이고,
우리 서로 그리워할 때
멀리 보이던 꿈도
가까이에서 우리를 지켜보았다.

지금은 우리 서로 사랑할 때
지금은 우리 서로 그리워할 때
세상은 참으로 따뜻했다.

사랑의 약속

사랑한다는 말보다
더 위대한 말을 나는 알지 못합니다.
사랑한다는 말보다
우리를 더 들뜨게 하는 말을
나는 기억하지 못합니다.
사랑한다는 말보다
우리를 더 기쁘게 하는 말을
나는 들어본 적이 없습니다.
사랑한다는 말보다
우리를 더 희망이게 하는 말을
나는 믿을 수 없습니다.
사랑은 서로에 대한 믿음과 숨결, 희망입니다.

오늘도 우리가 이 길을 사랑할 수 있는 것은
사랑은 모두에게 꿈을 주는
거룩한 약속이기 때문입니다.

사랑하기 때문에

사랑하기 때문에
사랑하는 이를 보낼 수밖에 없는 이유를
이제야 알 것 같습니다.

사랑하기 때문에
사랑하는 이 곁을 떠날 수밖에 없다는 말을
지금에야 믿을 수 있을 것 같습니다.

아픔도 사랑이라면
사랑하는 이를 위해
떠나는 용기가 필요하다는 것을
깨닫기까지 많은 시간이 걸렸습니다.

사랑하기에
그 사랑을 위해
언제든지 떠날 수 있는 사랑이
어쩌면 진정한 사랑인지 모르겠습니다.

낙엽처럼 길을 가다
이 세상 이별이 찾아오는 어느 날,
사랑하는 이를 위해
'정녕 사랑했었노라' 말하며
떠나는 사랑이 얼마나 아름다운지를
이제야 알 것 같습니다.

풀꽃

비바람 속에서
풀꽃이 가늘게 떨고 있다.
가냘픈 어깨를 들먹이며
바람 앞에
꺾일 듯 휘어지다가도
결코 꺾이지 않는 풀꽃.

너의 사랑 앞에
풀꽃이 되고 싶다.

폭풍우 속에서
풀꽃이 파르르 떨고 있다.
수줍은 이마를 쓰다듬으며
먼 곳을 바라보다
이내 돌아서는 풀꽃.

쓰러질 듯 휘청거리다가도

너의 사랑 앞에

일어서고 마는 풀꽃이 되고 싶다.

푸른 하늘 아래서

그 누가 삶을 아픔의 바다라
말할지라도
그 누가 삶을 번뇌의 강이라
울부짖을지라도

푸른 하늘 아래서
너를 바라보면,
그렇게 눈부실 수가 없다.

마음이 울적해 괴로울 때
어쩌지 못하는 일로 눈물겨울 때

푸른 하늘 아래서
너를 생각하면,
그 생각만으로도 행복을 말할 수 있다.

그 누가 삶을 슬픔의 골짜기라

말할지라도
그 누가 삶을 불투명한 미래라
속단할지라도

푸른 하늘 아래서
너를 바라보면,
그 모두를 사랑이라는 이름으로
말할 수 있다.

독백

나, 이대로라도 좋아요.
눈 뜨는 아침마다
그대와 함께 저 푸른 하늘을
마주볼 수 있다면.

나, 이대로라도 좋아요.
그대 곁에서
작은 숨결까지
느낄 수 있다면.

나, 이대로라도 좋아요.
삶이 괴로워도
그대의 너그러운 사랑이
나를 지켜준다면.

나, 이대로라도 좋아요.
그대와 더불어

사랑 하나만을 위해
서로의 생을 맡길 수 있다면.

사랑의 집

당신이 찾아오면
기쁨으로 맞아들일
당신과 나의 집을 짓겠어요.

눈을 뜨면 새들이 날아와
정겹게 지절거리고,
아침 바람이 싱그러운
숲속 한가운데
새하얀 사랑의 집을 짓겠어요.

삶이 당신을 절절히 아프게 할 때,
어쩔 수 없는 실수로 가슴이 미어질 때,
눈물나게 그리움이 잦아들 때면
주저 없이 나를 찾아주세요.

언제든 문을 활짝 열어 놓고,
당신 오시는 걸음마다

푸른 카펫을 깔아
행복에 부픈 마음으로 당신을 기다리겠어요.

삶을 희망으로 사는
당신이기에,
망설임 없이
나의 전부를 드리겠어요.

별이 빛나는 밤에

별이 빛나는 밤에
너만을 생각하고 싶다.
하얗게 빛나는,
너를 향한 내 사랑은
이 밤도 쉬지 않고 너를 찾아간다.
끊임없이 별이 빛나는 것은
너를 향한 내 사랑이
뜨겁게 살아 있기 때문이다.
그 별이 언제까지나
밝음을 잃지 않게
너를 향한 내 사랑을
놓지 않으리.

행복을 찾는 당신에게

사랑은 사랑하는 자의 것이며,
행복을 찾는 자의 아름다운 선물입니다.

미움은 미워하는 자의 것이며,
시기와 질투를 일삼는 자의 소유물입니다.

행복을 찾는 당신이여,
사랑하는 마음으로
그대의 생각을 가득 채우십시오.

좋아하는 감정을 되살려
아름다운 사랑을 꿈꾸십시오.

가난한 마음,
부유한 마음,
미움, 질투까지도
행복할 수 있다는 신념으로
가득 채우십시오.

행복을 찾는 당신이여,
당신의 노력이 헛되지 않게
버릴 것은 버리고,
깨어서 새로운 길을 걸어가십시오.

사랑은 사랑하는 자의 것이며,
행복은 행복해지기를 원하는 자의 것입니다.

별꽃 편지

그대가 보고싶은 날에는
별이 되겠어요.
까만 밤하늘을 바라보며
그대 외로움에 떨고 있을 때,
별꽃이 되어드리겠어요.

하얀 강변 가득
그대 눈물로 반짝일 때,
소리 없이 강가로 달려가
눈물을 닦아드리겠어요.

달빛 젖어 강물은 저리도 고요한데,
잠 못 이루고 서성이는
물새 한 마리가 그대인가 싶었습니다.

산들거리던 강바람마저
깊이 잠든 밤,

강가에 쌓인 별을 주워
그대 가슴에
영원히 남을
별꽃 편지를 쓰겠어요.

우리 서로 사랑할 때 2

우리 서로 사랑할 때
세상은 우리를 위해 축복해 주었다.

우리 서로 사랑할 때
세상은 우리 사랑을 위해
꼭 닫힌 길을 열어 주었다.

서로의 사랑을 통해
비로소 자신의 존재와 이상을 아는 까닭에
세상은 그처럼 너그러웠다.

서로에게 깊은 신뢰와
관심을 보여 줄 때
세상은 우리를 위해 고요한 목소리로 기도했다.

지금은 상처 입은 마음을 토닥여 줄 때
지금은 서로를 위해 자신의 참모습을 보여 줄 때

그리하여 세상은 오래도록
우리 사랑을 위해
자신의 아픔을 딛고, 길을 열어 주었다.

그리움을 그리움이라

그대가 넉넉한 몸짓으로
거친 삶을 위로할 때,
슬픔을 슬픔이라 말하지 않았다.

진눈깨비처럼
삶의 길목을 지키던
쓸쓸한 기억도
이제는 잊기로 했다.

작은 것의 소중함을
알았을 때는
눈물의 깊이도 알았으리라.

저 강 너머 불어오는
찬란한 햇살은
그대 입술처럼 부드럽다.

그대가 손 내밀어
불러줄 때는
그리움을 그리움이라 말하지 않으리.

처음 사랑

서로가 서로에게
위로받지 못할 때,
잠시나마 떨어져
서로를 상대의 입장에서 바라보라.

서로가 서로에게
상처를 주어
검은 구름처럼 삶이 아득해져 올 때,
잠시나마 하던 일을 멈추고,
서로에게 가장 필요한 존재라고
말했던 때를 기억하라.

상처를 주고,
상처를 입는 중에도
서로에게 처음 사랑을
고백하던 때를 기억하면,
미움의 감옥에서 벗어나리라.

사랑이 식어 가면,
삶도 식어 가리니
샛별처럼 빛나던 사랑을 찾아
처음 사랑을 기억하라.

내 마음의 꽃

내 마음속에는
꽃이 활짝 피었습니다.
그대가 생각날 때마다
가만히 마음을 열면,
감미로운 그대 향기가 전해져 옵니다.

그대는 내 마음의
영원한 꽃입니다.

꽃이 아름다운 것은
향기가 있기 때문이듯,
그대가 내 마음을 사로잡은 것은
자신보다 나를 더 사랑하기 때문입니다.

내 마음속에는
꽃이 활짝 피었습니다.
그 이름도 아름다운 그대라는 꽃.

꽃이 있기에
나는 비가 올 때나
함박눈 같은 슬픔이 몰아칠 때도
삶을 사랑할 수 있습니다.
그대는 영원한 사랑의 꽃입니다.

좋은 날, 그대에게

구름 한 점 없이
맑고 고운 날이면
그대에게
별빛을 담아 보내고 싶다.

내 별과 그대 별
꼭꼭 엮어
그대 달빛 젖어 흐르는 창가에
꽃이 되고 싶다.

좋은 날,
그대에게
끝없이 닿고 싶은 이 마음.

바람처럼,
강물처럼
끝없이 다가가
불꽃 같은 사랑을
그대에게 전해 주리라.

그대 이름 있었기에

내 어쩌다,
외로이 삶의 뒤편
자작나무 가지 끝에 앉아
한 마리 새가 되어 슬피 울 때,
그대는 나의 위로가 되어다오.

산그늘 깊게 드리운
어느 외딴 곳
한 떨기 꽃이 되어 떨고 있을 때,
그대는 나의 눈물이 되어다오.

여름 한때
못 견디게 서로가 그리운 날,
그 이름 있었기에
모두를 사랑할 수 있었다.

그리움이 눈물 되고,

눈물 또한 그리움이 되듯
이별이 그리움을
길게 남겨 두고 떠날지라도

세월의 끝 어디선가
와 줄 것만 같은 그대여.

그때는 그립다는 말로도 아름다웠네

가슴을 열어 놓고
온밤 하얗게 태워도
그때는 그립다는 말로도
아름다웠네.

하고 싶은 말이
서로의 가슴에 눈처럼 쌓여도
함께한다는 사실만으로
우리의 가슴은 불같이 뜨거웠네.

창밖에는 소리 없이 비가 내리고
저 멀리 잠 못 드는
외로운 등불 하나 깜빡일 때도
우리는 별처럼 반짝거렸네.

창가를 뒤흔들던 바람 한 줄기
떠돌다 지쳐 이내 잠든 새벽녘,

창밖에는 아직 비가 내리고,
무릎을 굽히고 바라보는
그대 눈 속에는 온 세상 가득.

말이 없어도
산처럼 고요히 깊어만 가는
그대 그리움.

그때는 그립다는 말로도
아름다웠네.

한 송이 꽃

그대 눈 감으면 떠오를
한 송이 꽃이 되겠어요.
외로움이 빗물 되어
그대 가슴 핏빛으로 스며들 때,
따스한 눈망울로 손 내미는
한 송이 꽃이 되겠어요.

지난 밤,
동녘 하늘 별빛마저
숨죽여 떨고 있을 때,
그대 창가에는
흐느끼는 한 줄기 바람 스쳐 지나가고,

지워지지 않는 기억 속으로
다가서는 쓸쓸한 날의 추억.

비바람,

긴 울음 토해 놓고
말없이 돌아서듯
그대 마음 지쳐 떠돌 때,
그대 목숨으로 남을
한 송이 꽃이 되겠어요.

이렇게 햇살 좋은 날에는

이렇게 햇살 좋은 날에는
강변에 집을 짓고 싶다.
싸리나무가 울타리로 처져 있고,
강아지 한 마리 뛰어놀며,
풀벌레 울음으로 저녁이 무르익는
그 강변에서 당신과 나만의 집을 짓고 싶다.
하늘의 별을 따다 초롱불 밝히고,
샘물에 재어 놓은 수박을 먹으며,
우리만의 동산을 가꾸고 싶다.
반짝이는 세월,
그 눈망울을 바라보며
풋풋한 당신의 미소를 품고
바보처럼, 비인 마음으로
하늘의 그림자로 살고 싶다.

호수

그대 맑은 눈을 보노라면
살아 있음을 느끼나니.

바람에 흔들리는
작은 잎 새 하나,
그대 영혼인가 싶었습니다.

깊어 가는 밤,
저 멀리에는
제 한 몸 살뜰히 풀어 놓고
말없이 돌아서는
고고한 달그림자 하나.

아, 그것은
당신의 길고 긴 사랑이었습니다.

갈증

그대 곁에 있어도
나는,
늘 목이 마르다.

사랑의 호수

사랑은
바람 한 점 없는 호수와 같은 것.

그러나
한 번 빠져들면
천둥치고 번개가 일며,
미친 듯 풍랑이 이는
노도광풍과 같은 것.

사랑하는 동안
인생이라는 드라마의
주연이 되기도 하고,
눈물의 강으로 젖어들게 하는
비련의 여배우가 되기도 한다.

시나브로
호수의 맑은 볼을 어루만지고
저 멀리 사라지는 바람처럼,
사랑하는 이 마음을
늘 안타깝게 하는
내 영혼보다 뜨거운 것.

내일 하늘이 무너져
산산조각이 나고,
땅이 갈라져 멸망이 온다 해도
사랑의 호수에 빠져
헤어나지 못한들 어떠리.

그대는
나만의 사랑으로
가득 출렁이는
사랑의 호수.

오,
그대는 황홀한
사랑의 호수.

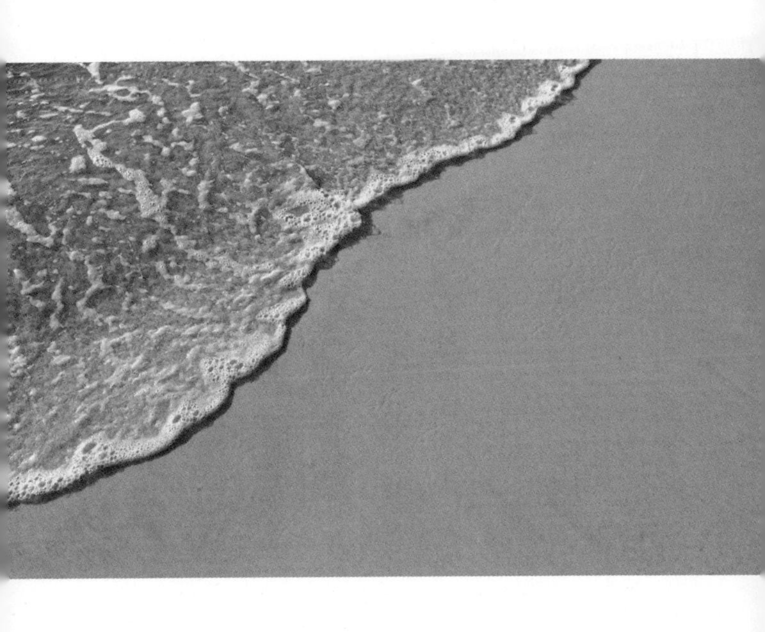

보리밭

파랗게 핀
보리밭 사이를
산 까치 두 마리가
나란히 걸어갑니다.

우리 사랑도
그 뒤를 따라
나란히 걸었습니다.

내 사랑으로

내 사랑으로
너를 행복하게 할 수 있다면,
나를 던져서라도
너를 지켜주리라.

온 세상이 새하얀 달빛으로 젖어드는 밤,
무릎 꿇고 너를 위해 기도하는 이 시간이
그토록 행복한 것은,
너의 기쁨으로 나 또한 행복한 것이리라.

너를 위한 사랑은
조건을 구하지 않고,
있는 그대로를 사랑하며,

책망하지 않고,
원망하지 않으며
시험에 빠지지 않는 것이리라.

내 사랑으로
너를 행복하게 할 수 있다면,
시련이 나를 쫓아
강과 바다를 만들지라도
나는 너의 사랑을 의지해 일어서리라.

사랑은 욕망이 아니라 나누는 것.
가지를 치면 칠수록 곧게 자라는
대나무같이 고결한 것.

나 이제 그 사랑으로 말할 수 있나니
어두움을 살라 먹고
더욱 빛나는 불빛처럼
아낌없이 사랑함으로
우리 사랑도 찬란히 익어 가리라.

겨울 보름달

높이 뜬
겨울 보름달.

눈이 시리게
맑고 푸르다.

내 사랑하는 그대,
맑은 눈처럼
나를 사로잡은 겨울 보름달.

내 사랑하는 그대
보고싶은 마음에
눈이 아프게
겨울 보름달을 올려다보면,

어느새
내 마음속에도
겨울 보름달 하나
두둥실 떠오른다.

너를 위해
낮은 목소리이고 싶다.
네가 무어라고 말하든
조용히 다가가
너의 말에 귀 기울이고,

네가 원하는 일이라면,
주저 없이 달려가
너의 기쁨이고 싶다.

너를 위해
낮은 마음이고 싶다.
네가 무어라고 말하든
담백한 미소로 다가가
나의 마음을 열어 두고,

너의 작은 실수까지도

묵묵히 끌어안는

너의 사랑이고 싶다.

그대에게 가는 길

그대에게 가는 길은
사랑의 길입니다.
그대에게 가는 길은
진주처럼 맑은 언어를 다듬으며,
풀잎처럼 간절한 열망으로 가야 하는
이 지상에서 아름다운 날의 행진입니다.
때때로 슬픔의 강이
그대에게 가는 길목을 가로막아도
그대에게 가는 길은
하루도 쉬지 않고,
기도하는 마음으로 가야 하는
즐거움의 길입니다.
그대의 길은 꿈과 사랑이 됩니다.
맑은 햇살처럼 늘 영롱합니다.
그대에게 가기 위해
길 위에 서서
오늘도 뜨거운 목숨으로
그대를 생각합니다.

NO!

보고싶은 사랑

보고싶다.
보고싶다.
네가 나를 생각하지 않는
그 시간에도,
잠시 딴 생각을 하는
그 순간에도

나는 네가
사무치게 보고싶다.

보고싶다.
보고싶다.

우리는 왜 하나가 되고 싶을까

우리는
왜 하나가 되고 싶을까.

혼자는 그 그림자조차
슬퍼 보이기 때문이다.

우리는
왜 하나가 되고 싶을까.

둘은 보기만 해도
그윽한 향기가 있기 때문이다.

그래서 우리는
또 다른 하나를 그리워하는가 보다.

첫사랑은

첫사랑은 이슬 같은 거야.
너무 맑고 고와 함부로 만질 수 없는,
가만히 바라만 보아도 기분 좋은
깨끗한 미소 같은 거야.

첫사랑은 바람 같은 거야.
잠시 맴돌다 저 언덕 너머로 사라져 가듯
다가왔다 사라져 가는
바람 같은 거야.

첫사랑은 그림자 같은 거야.
세월 지나 모든 것이 바뀌어도
떠나지 않고,
가는 곳마다 뒤를 밟아 따라오는
그림자 같은 거야.

첫사랑은 보석 같은 거야.

너무 소중해서 꼭 감추어 두고,
보고싶을 때 혼자 몰래 꺼내 보는
나만의 보석 같은 거야.

첫사랑은 그런 거야.
숨결이 남아 있는 마지막 순간까지도
가슴을 잔잔히 울리는
삶의 신선한 종소리 같은 거야.

Love

너를 보면 좋다

너를 보면 좋다.
네가 말하지 않아도
너를 보는 것만으로
행복하다.

너를 보면 즐겁다.
네가 뭐라 하지 않아도
너와 함께하는 것만으로
눈물겹게 좋다.

너를 보면 가슴이 부푼다.
네가 아무 말 없이 가만히 있어도
너를 생각하는 것만으로
사랑스럽다.

너를 보면 좋다.
네가 내 곁에 있다는 것만으로도

이 세상 전부를 얻은 듯
뛸 듯이 기쁘다.

너는 나의 기쁨의 꽃,
소망의 미소.
네가 있어 나는 행복하다.

너 때문이야

내 마음이
왜 이토록 설레일까.

내 마음이
왜 이토록 갈팡질팡할까.

내 마음이
왜 자꾸
하늘을 향해 끝도 없이
부풀어 오를까.

그건 말이지
처음 본 순간부터
내 마음을 꽉 사로잡은
바로 너,

너 때문이야.

해바라기

누구의 사랑이
그리도 깊어
하루 종일 목을 빼고
저리도 간절할까.

누구의 그리움이
그리도 커
온밤 지새워
홀로 깜빡이는가.

시간이 흐를수록
길어져만 가는
너의 모가지여,

너의 사랑 앞에
나의 묵은 사랑을 놓아두고

하늘로 올려 보내는

나의 기도는

간절하기만 하다.

바람처럼

바람이고 싶었습니다.
반짝이는 별들의 눈동자로
젖은 그대 가슴 고이 감싸줄
잔잔한 바람이고 싶었습니다.
그대 생각에
홀로 아득히 그리움에 젖는 날,
그대에게로 무작정 달려가
마음 깊이 꽃잎으로 피어날
바람이고 싶었습니다.
그대가 보고싶으면 언제나 달려가는
맑고 향기로운 바람이고 싶었습니다.
그대를 즐겁게 하고,
그대에게 사랑받는,
사랑하는 목숨이고 싶었습니다.

달을 보며

달을 보며
웃고 있는
그대를 생각합니다.

그대는
내 눈길 닿는 곳이면
어디라도
어김없이 찾아옵니다.

굳이
생각하지 않는 시간까지도
그대는 내 마음의 중심에 서서
나를 놓아주지 않습니다.

사랑은
마음과 몸, 생각까지 하나로
얽어매는 묘한 힘을 가졌나 봅니다.

아직도 하고 싶은 말

그대를 만나고 난 뒤
아직도 하고 싶은 말이
남아 있다면,

그대를 미치도록
사랑한다는
바로 그 말입니다.

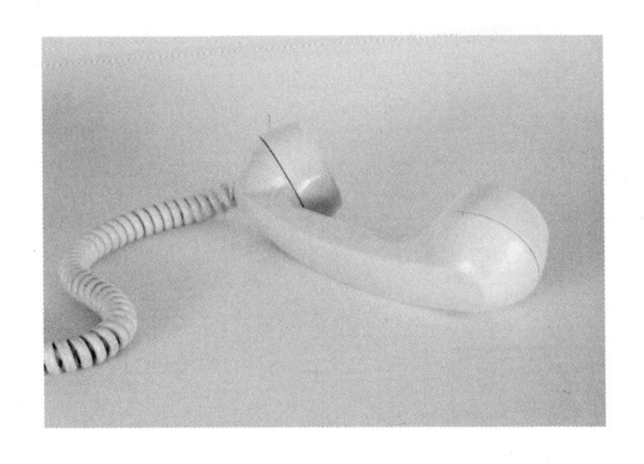

그대가 곁에서

그대가 곁에서
말없이 있어만 주어도
이토록 내 가슴이 설레는 것은,

보이지 않는
그대 사랑이
넘쳐흐르고 있기 때문이다.

그대가 곁에서
말없이 바라만 보아도
차디찬 내 마음에
풋풋한 기쁨이 샘솟는 것은,

강같이
고요히 흐르는
그대 순결한 언약이
빛나고 있기 때문이다.

아카시아 꽃

아카시아 향기
바람에 날리는 날이면,
나 조용히
그날을 생각합니다.

새하얀 아카시아 꽃
별처럼 흐드러진 날이면,
나 가만히
그대 이름을 불러봅니다.

5월,
그 서럽도록 푸른 하늘과
그대의 맑은 눈동자가
하나의 빛으로 내게 오던 날처럼

우리의 사랑도
향기로만

가득했으면 좋겠습니다.

나는 그대에게
그대는 나에게
언제까지나
단, 하나의
사랑이면 좋겠습니다.

나보다 그대를

은행나무 그늘 아래 앉아
나보다 그대를
사랑한다고 말하고 싶군요.

강이 훤히 내려다보이는
산마루에 서서
나보다 그대를
매일 생각했노라 고백하고 싶군요.

하늘 아래
나보다 그대를
더 사랑할 수 있음을 알았을 때,

잔바람에 출렁이는
보리물결같이
내 가슴은 불같이 뜨거웠네요.

나 외에
사랑하는 이가 있다는 것은
생의 참 기쁨인 것을.

꽃밭에 앉아

꽃밭에 앉아
그대에게 편지를 쓰는
이 시간이 가장 즐겁습니다.
하루 종일 그대 생각만으로도
하루해가 너무 짧아
코끝이 찡하도록 못 견디게
그대가 보고싶었다고 꽃잎에 편지를 씁니다.
한 자, 한 자
내 손길 위로 떠오르는 그대 향기는
정녕 내 마음의 보석입니다.
어떤 보석이 이토록 눈부실까요.
내 마음 깊은 곳에는
그대라는 보석만이 저리도 찬란합니다.
나의 그대여,
꽃밭에 앉아 하늘을 보니
온통 그대 미소로 가득합니다.

낯선 길에서

우리 가는 이 길이
때로는 낯선 길같이
외롭고 쓸쓸할 때가 있습니다.

이럴 때
내 곁에 그대가 있다는 것은
크나큰 행복입니다.

우리는 이정표 없는
길을 갈 때가 있습니다.
그때 그 막막함이란
슬픈 고독처럼 암울합니다.

길은 멀리 있지만,

그 길이

더 이상 낯설지 않은 것은

아무리 생각해도

그대는

나의 이상인가 봅니다.

포도주

오래
익으면 익을수록
참맛을 내는
포도주처럼,

너의 사랑 앞에
시절을 잊은
사랑의 포도주가
되고 싶다.

아침햇살 같은 사람

문득 떠올리면,
날아갈 듯 상쾌해지고
마음 따뜻해지는
사슴처럼 눈이 맑은 사람.

곁에 있으면,
행복해지고
하나도 지루하지 않는
풋풋한 미소가 아름다운 사람.

언제까지나 함께 있고 싶어
마음이 들뜨고,
늘 처음 본 듯 호감을 주는
부드럽고 속이 넉넉한 사람.

가슴에 담고 있으면,
부자가 된 듯 여유롭고,

꿋꿋한 소나무처럼
삶에 의미를 주는 의연한 사람.

어떤 시련이 닥쳐와도
용기와 꿈을 주는
아침햇살처럼 맑은 사람.

우리는 서로에게
아침햇살 같은 사람이 되어야 하리니
너와 나, 우리가 하나 될 때
삶은 진정 따뜻하다.

그냥 좋다

그냥
생각만으로도 좋다.

그냥
목소리 듣는 것만으로도 반갑다.

그냥
함께한다는 것만으로도 즐겁다.

그냥,
그냥,
그냥

눈물나게 행복하다.

당신이라는 말

당신이라는 말 참 좋지요.

'당신 참 예뻐.'
'당신 이거 먹어 볼래?'
'당신은 참 좋은 사람이야.'
'당신이 있어 나는 참 행복해.'

당신이라는 말 속에는
풀빛보다 짙은 향기가 피어나고
포근하고 은은한 기운이 감돌지요.

당신이라는 말 참 좋지요.

'당신은 내게 참 소중한 사람이야.'
'당신, 오늘 더 아름답네.'
'당신을 보고 있으면 참 든든해.'
'당신은 나의 운명이야.'

당신이라는 말을 들으면
가슴이 따뜻하게 물결쳐 흐르며
행복이 꿈결처럼 다가오지요.

당신이라는 말 참 좋지요.
당신이라고 부르기만 해도
내 가슴은 환하게 부푸니까요.

당신보다 귀한 사랑을

당신보다 귀한 사랑을
나는 아직까지 만나지 못했습니다.

당신보다 포근한 사랑을
나는 지금까지 보지 못했습니다.

당신보다 아름다운 사랑을
나는 알지 못합니다.

당신은 나에게
필요한 사랑입니다.
나는 그런 당신의 사랑을 먹고,
이 세상의 아픔을
이겨낼 수 있습니다.

나는 언제까지나
당신의 사랑이
필요합니다.

9월의 어느 날 아침

9월의 어느 날 아침,
눈을 떠 보니
당신이 가장 먼저 생각납니다.

맑은 하늘을 닮은 미소,
새벽별처럼 빛나는 눈동자,
귓가에 젖어드는 목소리,
당신의 모든 것이
이 가을 아침,
나를 당신에게로 이끕니다.

내 마음속 가을꽃으로 피어 있는 당신,
그 생각만으로
나의 아침은 환하게 열립니다.

당신은 내게 이미 충분한 사랑입니다.

당신이 찾아온 이후,

나는 당신의 이름으로

당신의 사랑이 되었습니다.

당신은 내 생각의 처음과 끝입니다

내 생각의 처음과 끝은
언제나 당신으로 시작해서
당신으로 끝을 맺습니다.

내 삶의 중심에
언제나 당신이 있습니다.

당신을 만난 이후
한시도 내 마음에서
떠난 적이 없는 당신,

나의 하루는
언제나 당신으로 시작해서
당신으로 끝을 맺습니다.

당신은
내 삶의 영원한 희망의 노래,

당신이 있어

내 슬픔은 환희가 됩니다.

나는 꽃 피는 희망입니다

그대가 내게 온 이후,
어두웠던 나의 하늘은
이제 더 이상 어둡지 않습니다.

그대가 내 손을 잡아준 이후,
눈물과 한숨으로 얼룩진 지난날은
저 멀리 사라지고,
지방 나는 꽃 피는 희망입니다.

혹독했던 지난 나의 삶에도
꽃보다 진한 사랑의 향기가
파르라니 피어납니다.

내 목숨보다 어여쁜
사랑하는 그대여,
그대가 있어
더는 외롭지 않습니다.
슬프지 않습니다.

나는 당신이 참 좋습니다

당신을 만난 이후,
나는 날마다 꿈을 꿉니다.
모든 순간이
온통 당신으로 가득합니다.

자다가도,
길을 가다가도 웃음이 나고,
당신만 떠올리면
눈물이 날 만큼 기쁩니다.

당신은 내 삶에 의지의 불꽃.
당신은 내 생의 푸른 대지.

나는 당신이 참 좋습니다.

당신은 사랑입니다

당신은 사랑입니다.
늘 주어도 모자랄 것 같은,
그래서 당신만 생각하면 가슴이 아파
미안한 마음이 흐릅니다.

당신은 사랑입니다.
아무리 용서받지 못할 일을 하더라도
너그럽게 용서해 줄
하염없이 고운 사랑입니다.

당신은 사랑입니다.
보이지 않는 순간에도
당신에게서 떠나지 못하는
너무도 그리운 사랑입니다.

당신은 사랑입니다.
꿈이 좌절될 때

그 고통을 견디게 하는
진실로 아름다운 사랑입니다.

당신은 사랑입니다.
사랑의 등불을 들고
삶의 어두움을 밝혀 주는
진실로 아름다운 사랑입니다.

당신으로 나는
험한 길도 포기하지 않고 가야 한다는 것을
알았습니다.

당신으로 나는
사랑은 기다리고 참아내야 한다는 것을
알았습니다.

당신으로 나는
그저 오는 행복은 어디에도 없다는 것을
알았습니다.

당신으로 나는
무엇을 위해 이 길을 가야 하는지를
알았습니다.

당신으로 나는

참 사랑과 행복을

알았습니다.

당신은 한 편의 멋진 시.

읽는 순간
가슴이 뜨거워지고,
한 번 솟은 불길은
좀처럼 사그라지지 않습니다.

당신은 한 편의 아름다운 시.

읽는 동안
마음은 촉촉이 젖어들고,
한 번 젖어든 감동은
쉬 사라지지 않고 물결을 이룹니다.

당신은 한 편의 소망시.

읽는 동안

마알간 꿈이 새록새록 피어나
한 번 피어난 꿈은
온몸과 마음을 푸르게 반짝입니다.

읽고, 또 읽어도
언제나 감흥을 불러일으키는 당신,
당신은
세상에 단 하나뿐인 사랑시.

I
YOU

사랑의 별

당신은
내 마음의 별이 되어
쉼 없이 반짝입니다.

사랑은 나를 가만히
그대에게 이끄네

사랑은
소리 없이 다가와
뜨거운 가슴으로 남는 것.

사랑은
떨림으로 다가와
그리운 목숨으로 남는 것.

사랑을 하고
그 사랑을 못 잊어 가슴 떨리는 것은
사랑은
서로의 가슴 속에
별이 되어 날마다 떠오르는 것.

사랑은
때로는 눈물,
때로는 기쁨이 되어

사랑하는 마음을 하나로 이어주는 것.

숨 막히게 세상이 아름다운 날,
사랑은 바람처럼 다가와
나를 가만히 그대에게 이끄네.

나도,
그대도
고요히 사랑이 되네.

영혼의 꽃

오래 보고 있으면
더욱 생생해지고,

곁에 두고 있으면
늘 처음인 듯 새롭고,

같이 있을 때나
떨어져 있을 때도
한결같이
풋풋하고 사랑스러운 그대는

언제까지나
시들지 않고 더욱 싱싱한
내 영혼의 꽃.

폴라리스

작은곰자리 알파성.
모든 행성이
태양을 중심으로 돌 때,
그 자리를 변함없이
지키고 서 있는 북극성처럼
그대는 내 사랑의 폴라리스.

그대 안에
내 사랑의 폴라리스를 띄워 놓고,
자나 깨나 그 사랑을 위해
나를 살고,
나를 남기고 싶다.

그대여,
내 사랑의 폴라리스인 나의 그대여,
기쁨으로 만나
사랑으로 살다,

사랑으로 남을

오,

나의 아름다운 폴라리스여.

그대가 있어 내 사랑은 따뜻하다.

그대 눈을 감아요

그대 조용히 눈을 감아요.
무슨 소리가 들려오는지
가만히 귀 기울여 봐요.
그윽한 눈빛으로
그대에게 향하는
내 마음의 발자국 소리 들리지 않나요.

그대 눈을 들어 하늘을 바라봐요.
무엇이 보이는지
손가락으로 원을 그려 다소곳이 바라봐요.
무엇이 보이나요.
영롱한 별빛처럼 활활 타오르는
향기로운 언약이 보이지 않나요.

그렇게,
그렇게 사는 거예요.
깊어 가는 생을 찾아서.

새

내 영혼의 빈터에
어느 날 갑자기 날아든
푸른빛을 띤 새 한 마리.

사랑을 잃고
돌이 되어 굳어 버린
내 사랑의 꽃밭에
고운 사랑노래 씨앗을 뿌렸네.

오,
밝고 유쾌한 노래여,

내 마음 아득히
그대 사랑에 잠기네.

사랑은 마르지 않는다

사랑은
오묘하고 신기합니다.
사랑은 주는 만큼 돌아옵니다.
어떨 때는 더 커져서 돌아오기도 합니다.
큰 사랑을 원한다면,
자신의 사랑을 마음껏 주십시오.
사랑은
아무리 주고, 주어도
오히려 넘쳐 흘러서
마르지 않습니다.

질그릇 같은 사랑

너무 소란하지 않게 사랑하라.
빨리 끓는 냄비가 쉬 식는다.
질그릇 같이 서서히,
부드럽게 사랑하라.
소낙비에는 땅이 젖지 않지만,
보슬비에는 땅이 젖는 것처럼.

사랑의 지혜

진실로 사랑을 원한다면,
바늘이 한 땀, 한 땀 옷감을 엮어 가듯
하나, 둘 차근차근
지혜를 배워야 한다.
그럴 때 사랑은 싹을 틔우고,
꽃을 피우며,
열매를 맺는다.

사랑의 향기

사랑이
사람을 그리워하고,
잊지 못함은
사람 사이에
사랑의 향기가 있기 때문이다.

추일서정

누구의 그리움이
저리도 깊어
가을이 되었나.

가을이 가을을 부르고,
그 가을이 또 가을을 부르니
가을이 머문 곳마다
저문 산처럼 그리움이 깊다.

누구의 사랑이
저리도 그리워
가을이 되었나.

가을이 가을에게 손짓하자
그 가을이 붉은 울음으로 오나니
눈길 머물고, 발길 닿는 곳마다
사랑은 서럽도록 서러워
아련히 아련히도 깊어만 간다.

꼭 그만큼 행복한 사람

사랑하는 대상이 많을수록
그 사람은 그만큼 행복하다.
남에게 사랑을 주는 만큼,
그 역시 누군가에게
기억되기 때문이다.
사랑을 준다는 것은
가장 아름다운 행위다.
주면 줄수록 기쁨과 행복이
파도처럼 넘치는 것이다.

나는 당신이 참 좋습니다

초판 1쇄 인쇄 2017년 4월 12일
초판 1쇄 발행 2017년 4월 19일

지은이 김옥림

펴낸이 박세현
펴낸곳 팬덤북스

기획위원 김정대 · 김종선 · 김옥림
편집 김종훈 · 이선희
디자인 심지유
영업 전창열

주소 (우)03966 서울시 마포구 성산로 144 교홍빌딩 305호
전화 070-8821-4312 | **팩스** 02-6008-4318
이메일 fandombooks@naver.com
블로그 http://blog.naver.com/fandombooks

등록번호 제25100-2010-154호

ISBN 979-11-86404-95-9 03810